시

첫번째

밴드 〈시〉 동인시집

시

초판1쇄 인쇄 | 2019년 2월 10일
초판1쇄 발행 | 2019년 2월 15일

지은이 | 구본준 외
펴낸이 | 김진성
펴낸곳 | 책나래

편집 | 허강
디자인 | 장재승
관리 | 정보해

출판등록 | 제2016-000007호
주소 | 경기 수원시 장안구 팔달로237번길 37, 303(영화동)
전화 | 02-323-4421
팩스 | 02-323-7753
이메일 | kjs9653@hotmail.com

* 잘못된 책은 서점에서 바꾸어 드립니다.

밴드 〈시〉 동인시집

시

첫번째

구본준
김정옥
김진희
박신덕
승은정
오정환
이해숙
조정심
정하윤
허연희
허영숙
허정미

벗나래

서시

제가끔 와서는,

진한 그리움 풀어놓다

삶을 우려내어 시를 빚다

사랑과 웃음과 우정을 툭툭 터트리다

빨간 기약을 떨궈 놓고 오다

사랑한다

|차례|

구본준

-1969년 충청남도 당진 출생.
-현대서각 초대작가며, 서각과 글쓰기를 좋아한다.
-인천광역시교육연수원에서 기획평가 업무를 총괄한다.
-시집 [나야!]가 있다.
-밴드 〈시〉에서 시를 배우며 시 창작 활동을 하고 있다.

항구

파도도
한낮의 피로에 잠들고,

어선도
이른 새벽부터 조업의 피로로 잠들었건만,

대게와 각종 활어를 미끼로
잠들지 않는 항구.

누구를 위한
잔치를
준비하는가?

무엇을 위해
도륙을 일삼는가?

파도의
눈물도 멈추고,

뱃고동의
외침도 잠든 곳.

오직
인간의
탐욕만 존재하는 곳

고정관념

깨고
깨서

나만을 위해
새롭게
만들어내는

고착화된
사고의 틀

몰입

이 시대 상황 속에서
시대상을 제대로 보지 못하는
바보.

차안대 속이
세상의 전부인 듯 옆을 보지 못하는
바보.

누구와 뛰는지
누굴 등 뒤에 태웠는지
누가 앞서고
누가 뒤에서 따라오는지도 모르고
선만 따라 질주하는
바보.

누가 정했는지도 모르는 결승점을 향해
무작정 달리는
바보.

나.

비움

채우는 것은
연습 없이 쉽지만,

연습으로
채움이 가능한 것은

비움의 가벼움.

스파링

스파링 연습을 한다.

눈을
똑바로 마주하고
빠르게
주먹을 휘두르며
경쾌하게 스텝을 밟는다.

매서운 눈으로
거울 속의 나를
기선 제압한다.

빠른 발동작으로
거울 속의 나보다
빨리 움직여 본다.

빠른 손놀림으로
거울 속의 나에게
일격을 가한다.

거울 속의 그 녀석은
꿈쩍도 하지 않았다.

지치고 힘들어 멈추어 서니
거울 속의 그 녀석도
마찬가지다.

이겨야 하는 것은
거울 밖의
누군가가
아니었다.

무동력

바람이 부는 대로
이리저리 흔들리고 있는 배.

포말도 일으키지 못하고
그저 머물러서
파도에 몸을 맡긴 채
위아래로 요동만 치는 배.

바람과 파도에
온전히
몸을 맡긴 배를 보며,

안개 가득한
인천대교를 건넌다.

겨울, 눈꽃, 봄

눈이 내린다.
장독대에도
아파트에도
마당에도
소나무에도

눈은,
바닥에 떨어지길 거부하는 듯
소나무의 뾰족한 잎에 제 몸을 찔러
맑은 피눈물을 얼음구슬로 만들더니
떨어지는 눈을 부여잡는다.

눈은,
하얀 나비인양 살며시 그 위로 내려앉는다.

소나무는
하얀 나비를 장독대에 빼앗기기 싫은지
가지를 조심스레 낮추며
하얀 나비를 유혹해 눈꽃을 피워 나간다.
동장군의 칼바람이 눈꽃을 베어 버려도

소나무는

뽀족한 잎으로 맞서 싸워 눈꽃을 지켜 낸다.

눈은 욕심쟁이다.
소나무는 유혹의 달인이다.

더 이상
눈의 욕심의 무게를 이기지 못한 소나무는
하얀 눈꽃을 날려 보낼 결심을 한다.
눈꽃의 자유를 붙잡아 두는 것이
자신의 욕심만 부여잡는 것이 버거워.

한순간
떠나 보낸다.
때가 된 것이다.

눈은 떠나기 싫어서,
소나무는 보내기 싫어서
서로 울부짖는다.

털썩!

결국,
덜떨어진 녀석은
하나도 없다.

보내고 나니 새로운 누군가가 다가왔다.
이별은 새로운 기쁨이다.

봄이 왔다.

Keep Going

기쁜 오월!
새로운 가족이
결혼이라는 이름으로
첫발을 내딛는 오늘입니다.

결혼은 ○○입니다.

정답이 없으니
해답을 찾아가는 것입니다.
살아온 삶의 결, 생각, 감정이 모두 다르니까요.

결혼은,
다른 닮은꼴로
어떻게 살아갈지 질문하며
함께 만들어 가는 삶이 아닐까요?
사랑하는 만큼...

사랑에 변치 않는 이상은 없습니다.
오직 변화무쌍한 현실만 기다리고 있습니다.

결혼은 무지개가 아니며
부서지고 깨지기 쉬운 거울입니다.

결혼은 평평한 거울이 아닙니다.
서로에게 다른 모습으로 비춰지는
굴곡이 다른 여러 거울입니다.

결혼은
형태가 없으며,
깨지기 쉽고,
예측할 수 없는
다름의 조화이며
현재 진행형입니다.

다시,
결혼은 무엇인가요?

결혼은 ○○입니다.

결혼은 '나와 또 다른 나'입니다.
서로에게 바라는 마음을 줄이다가
결국에는 텅 비워지는 나입니다.

결혼은,
동전의 양면이고
삶 그 자체입니다.
기쁨은 고통의 이면이고,

희망은 절망의 이면이며,
선택은 다른 하나를 포기해야하는 것처럼
늘 두 사람은 이면의 공존 그 자체입니다.

지금의 마음을
서로에 대하여 신뢰하는 마음을

딱! 한걸음부터
Keep Going! 하세요.
그것이
당신이 선택한
결혼이라는 삶의 길입니다.

결혼이 삶인 것처럼
삶이 멈추지 않는 것처럼
계속 가세요.

두 사람이 만든 하나의 길에
첫발을 내딛으세요.
사랑과
희망과
용기의 첫걸음을

Keep Going! 하세요.

오늘의 하늘과 땅이
푸릅니다.

두 사람의
미래처럼.

행복 그만큼

목줄.
화분.
수조.
새장.
24평 아파트.

개집.
식물원.
아쿠아리움.
동물원.
300평 주택.

위 단어에서
무엇을 연상하였는가?

초원,
바다,
하늘,
벽 없는 마음,

돌려줘야 할
행복의 조건을 떠올렸는가?

평등

나이트클럽에
총 든 강도가 들었다.

화려한 옷,
지위,
여남,
돈,
지식도 필요 없다.
강도 앞에선...

오직
살고자 하는 욕망 밑으로
평등할 뿐.

강도도
살고자 하는 욕망 위로
평등하고 싶었을 뿐.

김정옥

- 1971년 제주도 서귀포시 출생
- 한국교육컨설팅개발원 강사
- 독서지도, 독서토론 강사
- 몸과 마음, 뇌 공부에 심취 중이다
- 밴드 〈시〉에서 시를 배우며 시 창작 활동을 하고 있다

옳고 그름이 없다

수많은 경계를 배우며 살았다
이렇게 살아야 한다
저것이 옳다

수많은 경계를 지우며 살고 있다
그럴 수 있어

말로 주는 상처

발달장애 아들을 둔
어머니가 말한다

우리 아들은
어른들보다 나아요

발달장애로
말이 서툴러

사람들에게 말로
상처 주지는 않거든요

졸음

과제물이 밀려도 나는 모르쇠
한없이 무거운 눈꺼풀

아이들 저녁밥도 나는 모르쇠
졸음이 슬슬 오는 눈꺼풀

걱정 있어도 나는 모르쇠
세상 무거운 눈꺼풀

온갖 시름 덮어 버리는 눈꺼풀
네 덕에 산다.

학교 앞

딸 뒷모습 보이지 않을 때까지 지켜보는 아빠
아들 대신 가방 메고 가는 엄마
손자 옷깃 여며 주는 할머니
딸 휠체어 밀어 주는 엄마
동생 손 꼭 잡고 걷는 누나

아무 일도 일어나지 않은
기적 같은 아침

나는 돌멩이

나는 흙길 위 굴러다니는 돌멩이

맨발로 나를 지그시 밟는다

운동화로 힘차게 밟는다

구두로 총총걸음으로 밟는다

세 개의 다리로 천천히 밟는다

유모차 네 바퀴로 쌩쌩 밟는다

발에 싣는 삶의 무게

홍삼 캔디

덜컹거리는 버스에
노부부가 천천히 오른다

할머니에게 자리를 양보했더니
할아버지가 홍삼 캔디를 한 줌 건넨다

한 개 까서 입속에 넣으니
두 분 마음이 혈관을 타고
온몸에 퍼지는 듯했다

글쓰기

마음껏 마음을 표현한다
경청하지 않아도 서운하지 않다
눈을 반짝이지 않아도 서운하지 않다

내가 눈 반짝, 귀 쫑긋
혼자서도 좋은 에너지가 솔솔

흰죽

아들이 열이 난다
정성스레 끓인 흰죽
몇 술 못 뜬다

어머니가 끓여주던 흰죽
어떤 마음으로 젓고 또 저었을까?
왜 서서 계속 저어야만 눋지 않을까?

한시도 떠나지 말고 옆에 있으라는 아들을 닮았다

고사리

봄마다 꺾던 고사리
봄 안개비로 자라는 고사리
사람 발길 피해
숨바꼭질하듯 숨어 자란다

잘도 찾는다 울 어무니는
이리저리 봐도 난 안 보이는데

고사리 반찬 밥상에 올리면
추억이 없는 아이들
보고도 못 본 척
나만 두 접시 먹는다

숨 고르기

분노가 오르는 그녀, 안타깝다
숨을 고르고 마음을 들여다보길

까르르르 웃음소리와
반짝이는 눈빛

세상을 다 가질 품이거늘
제 품 하나 못 안는구나

김진희

-1979년 충남 서산 출생.
-인코리아서비스컨설팅 대표.
-시로 표현하고 강의로 소통하는 기업교육 강사로
13째 활동 중이다.
-밴드 〈시〉에서 시를 배우며 시 창작 활동을 하고 있다.

바람

마음까지 뒤흔드는
세찬 바람 불어오니

어지러운 마음까지
가져가주길 바람

그것이 나의 바람에 대한 바람

길

길 위에서 묻는다.
이 길이 맞는지

잘 모르겠다.
내가 이 길을 선택한 것인지
이 길이 나를 길들인 것인지

고생

고생은 Go 生이다

고생스럽다는 것은
생의 한가운데를 지나가고 있는 것이니

그대 멈추지 말고
Go 生하라

고생이 멈추는 순간
그대의 삶도 멈추는 것이다

시 한 편

시 한 편 쓰고자 해도
마음이 한 편이 아닌 듯 따로 노니
시 한 편 못 쓰고 마음만 불편하구나
쓰고자 하는 마음은 일편이나
손은 마음 같지 않으니
꼭 남편 같구나!

마음

추억은
떨어진 마음을 줍는 일이다.

대문을 열고 나가는 그 앞에
떨어진 내 마음이 있었다.
마치 길을 잃을 것이 무서운 듯
내 마음은 동화 속 빵 조각처럼 떨어져 있었다.

하나씩 주워본다.
언제 떨어진지도 모른 내 마음을 하나씩 주워본다.

언젠가 봄
가득 핀 벚꽃나무 앞에
떨어진 내 마음은 아직 그 자리에 있었다.

언젠가 봄
칼날 같은 봄비에 생명 다하지 못하고
떨어진 꽃망울 옆
내 마음은 아직 그 자리에 있었다.

그렇게 한가득
떨어진 내 마음을 주워 담고 오는 길

두려워졌다.

나는 다시 내 마음을 떨어뜨리고 온다.
언젠가 다시 주우러 오기 위해서

엄마의 다리

나는 내 어미의 다리를 살라먹고 자랐다.
그녀의 다리는 전쟁 속 총탄보다 더 사나운
병마가 집어삼켰다.
그녀의 오른다리의 엄지발가락은 늘
세상과 닿을 듯 말 듯 심한 상사병을 앓고 있다.
두 다리로 세상을 받치고 살아본 적이 없다.
그럼에도 자식들에겐 남부럽지 않은 몸을 주었다.

허리가 끊어지는 것이 오히려 편할 듯한 산고 속에도
그녀는 두 다리로 세상을 디딜 새 생명을 밀어냈다.
그녀의 오른다리는 세상을 향해 절규하듯 비틀어진 신음을 내
며 타들어 갔다.
그렇게 나는 내 어미의 첫 번째 다리를 살라먹고 태어났다.

젖을 물리는 내내 아픈 다리는 애원을 한다.
아이가 젖을 빨아댈 때마다 다리의 모든 피가 빨려 들어가는
듯하다.
그래도 못내 더 먹이지 못한 어미는 죄인이다.
그렇게 나는 내 어미의 두 번째 다리를 살라먹고 자랐다.

철없는 시절 반듯하게 서지 못하는 어미의 모습에
창피하니 똑바로 서 있으라고 어미에게 칼을 꽂았다.

그렇게 나는 내 어미의 세 번째 다리를 살라먹었다.

어미의 다리는 이제 짧아질 대로 짧아졌다.
절룩거림은 더 심해졌다.

조용히 뒤에서 그녀의 걸음을 지켜본다.
이제 내가 내 다리를 잘라내어 그녀의 다리가 되어야 한다.
더 이상 출렁거리지 않도록
걸음걸이에 멀미가 나지 않도록
내 다리를 살라내어 그녀의 다리가 되어야 한다.

진실과 진심

처음 한 이별 앞에 그는
헤어지지만 사랑한다 했다.

불합격 통보 메일 앞에
불합격은 시켰지만
귀하의 앞날을 응원한다 했다.

세상의 뉴스는
진실은 부정하지만
진심으로 미안하게 생각한다고 한다.

진실과 진심이 다른 세상에 살며
진심이 진실이 되는 세상을 꿈꾼다.

네 생각

네 생각을 한다.
맛있는 음식 앞에서
너에게 어울릴 옷 앞에서
분위기 좋은 카페 앞에서
너를 떠올리는 내가 설렌다.

네 생각을 한다.
슬픈 이별 노래 앞에서
함께 자주 갔던 카페 앞에서
네가 좋아하던 커피 앞에서
너를 떠올리며 널 추억한다.

온통 네 생각뿐이던 나인데
가끔 네 생각을 하는 나는
그때의 내가 아니다.

인화

꽃 중의 꽃은 인화

당신의 그윽한 눈빛은
취할 듯 아득하고
당신의 숨소리는
나비를 희롱하는 향기가 배어 있다

바람 불면 나부끼는 당신의 머리칼은
가을 갈대보다 우아하고
나를 향해 흔드는 손은
나비를 부르는 춤사위 같다

세상의 그 어떤 꽃이
사계절 내내 향기로울 수 있을까

꽃 중의 꽃은 인화
사람 꽃보다 더 귀한 꽃이 있으랴

김장

너무 꼿꼿하지 말라고
소금을 뿌려 둔다

너무 짜게 살지 말라고
차가운 물에 여러 번 씻어 둔다

속은 순수함을 지니되
열정적으로 살아가라고
붉은 고춧가루가 응원한다

누구와도 잘 어울려
더 감칠맛 나는 사람이 되라고
무와 갓과 파가 함께 한다

달콤했다가 짭짤했다가
깊었다가 시원했다가
시간의 흐름으로 성숙해진다

풋내 나는 사람에서
깊은 맛이 나는 사람으로 숙성되어 간다

박신덕

-1959년 서울 출생
-현재 프리랜서 강사로 활동하며
글 읽기와 쓰기를 즐겨한다.
-밴드 〈시〉에서 시를 배우며 시 창작 활동을 하고 있다

지금 나는

강가에서 더 머물지 못한
아쉬움이
산등성이로 올라온 것인가?

산 그림자처럼
뭉그적거리며
피어오르는 안개

지금,
이 순간에
나는 속세에 있지 않다

좋은 아픈 말

많이 힘들었구나
바람 참 좋다
오늘 하루 어땠어?
속상해 하지 마

듣고 있으면 마음이
따뜻해지고
편해지고
힘이 나는 좋은 말이다.

그런데 아프다

삶이 고되고
힘들어서
희망의 빛이 보이지 않아서
스스로 세상을 떠나려는 이들에게
마지막으로 보내는 말이라서

그게 참

재미있어서
그곳에 가는 게 아니다
내가 가서 있어야 재미있는 것이다

여유가 있어야
즐길 수 있는 게 아니다
즐겨서 여유가 생긴다

멋쩍은 상차림

끼니 챙기는 것이 밉살스러워
퉁명을 떨었다

심술을 꾹꾹 눌러
밥상을 차렸다

그런데 웬걸
나도 모르게
미안함을 담아 부지런을 떨며
생선까지 구워낸다

그럴 것을
왜 그랬을까?

과일을
예쁘게 깎아 내놓는다

무엇이 중한디

두고 보고 싶은 것
나눠 보고 싶은 것
순간순간을
담고 또 담아 간직하지만

그 순간에 느껴야 할 것과
순간 스치고 지나는 공기는
미처 마음에 담지 못했다

찰칵 찰칵
누르고 또 누르고

결국 아무것도
보지 못했네

생각 주머니

붉고 노란색 낙엽에게
놀이터를 내준 아이가 묻는다

같은 모양 나뭇잎을 주워서
색이 왜 다 다르냐고

한 나무
한 뿌리
심지어 한 가지에서

여름 내내
뜨거운 햇볕과 쏟아지는 비를
똑같이 맞았을 텐데

크기도 제각각
색도 제각각
물든 부위도 제각각
어느 잎 하나 똑같지 않네

궁색한 답 찾느라
애꿎은 낙엽들을 휘젓는데

아, 맞다
생각 주머니가 달라서 그런가 봐요 한다

그래
그럴 것이다
각자 받아들이는 크기가 달라서

술, 너

술.

참 좋다
몸으로 들어와
마음을 풀어주니

술.

무섭다
너무 풀면
헝클어져
몸과 맘이 엉키니

삐삐언니의 선심(善心)

수증기 자욱한 목욕탕
'삐삐언니랑 같이 오신 분'을 찾는
매점 사장님

'왜요?'라고 답하는 앞자리 손님에게
삐삐언니의 마음을 담은
음료수 전해주고 나간다

나는 이거 안 먹는데,
저 언니는 괜히…

아이고야
삐삐언니가
아는 동생에게 베푼 선심善心이
길을 잃었다

미처 나누지 못한 선심先心때문일까?

뜨거운 열기로 가득한 목욕탕에
전해진 선심善心이 부끄럽게 놓여 있다

얼굴

비가 오면
우산으로 가리고
해가 나는 날이면
양산으로 가린다

길가에서,
차 안에서,
심지어 집안에서는
휴대폰으로 가린다

얼굴은 얼이 지나는 통로,
마주해야 두 얼이 통하는데

밥 한 번 먹자보다
얼굴 한 번 보자고 말해야지

이상한 사이

아는 사이니까
나 먼저,

아는 사이니까
더 많이

이래서
모르는 남이 더 낫다고 하나?

아는 사이니까
나는 나중에,
아는 사이니까
다른 사람 주고 남으면

이러면
진짜 아는 사이가 되는데

참 이상한 사이다

승은정

-1972년 전남 강진 출생.
-유니베라에서 여성조직을 관리하며
여성들이 성장하는 모습에 보람을 느끼고 있다.
-밴드 〈시〉에서 시를 배우며 시 창작 활동을 하고 있다.

친구

곁에 있어
따듯한
웃어주니
행복한

말 없어도
들어주는
기쁨 슬픔
함께할

영원히 동행하고
싶은

학교와 병원

어머니는 나를 학교에 데리고 갔는데
나는 어머니를 병원에 데리고 간다

학교에선 호기심을 잃고
병원에선 면역력을 잃는다

학교에선 머리가 굵어지고
병원에선 근심이 커간다

학교에선 친구를 만나고
병원에선 친구를 보낸다

인생이란 이런 것

떠난 새

내 어깨보다
자신의 날개를 믿은 듯

빙빙 돌다
떠나 버린다

방앗간이 아님을
눈치챈 것일까?

쉬어 가기엔 비좁아
불안했을까?

엄마

내가 엄마라서
우리 엄마를 알아갑니다

내 아들을 생각하니
우리 엄마가 더 애틋합니다

긴긴 밤에 도란도란 이야기하며
사랑을 확인합니다

엄마에게 고마운 마음 전하듯이
날이 새도록 이야기를 나눕니다

눈은 잠들고 싶은데
가슴이 뜨거운 새벽입니다

착각

필요 없는 줄
알았습니다

혼자 의기양양
잘 살 줄 알았습니다

양보해야 할 것들
많을까봐 귀찮았습니다

혹시 내 자리 넘칠까 봐
멀리하려고 했습니다

이제 그가 없는 자리
배가 고픕니다

돈

쫓아가면 도망가는 놈

좋아하면 싫어하는 놈

사랑하면 미움 주는 놈

밝히면 상처 주는 놈

더 중요한 걸 알아야 다가오는 놈

봄비 내리는 소리

내가 그리워
흘리는 눈물 소리

날 사랑해
내 곁으로 오고 싶은
간절한 소리

봄마다 찾아오는
당신의 마음

가평의 가을

태양 같은 햇살 아래
나뭇잎이 떨어집니다
모든 것이 감동이고
눈물입니다

잊고 있던 옛 추억도
가슴으로 다가오고
사랑하는 이들이
더 소중하게 느껴지는
가평의 가을입니다

먼 훗날
떨어지는 낙엽 속
한 줌의 흙이 될지라도
눈부시게 남아 있을 이날을
기억하고 싶습니다

가을밤

밤송이 쩌어억 아람 벌어지는 소리
배추벌레 사각사각 배춧잎 갉아먹는 소리
다람쥐 끌끌 도토리 까먹는 소리
구절초 스르륵 꽃망울 터지는 소리
고추 불그레 빨간 물 들어가는 소리
호박 스르렁 스르렁 늙어가는 소리
달 은은하게 달빛 나눠주는 소리

시끄러워 잠을 잘 수 없네

단풍

저네들
저렇게 뽐내다

낙엽 되어
뒹굴 텐데

어떡하지?

오정환

-1964년 경기도 용인 출생.
-월간 한국시로 등단했다.
-시집으로 〈앉은뱅이 아버지〉와 〈내가 어리석어〉가 있다.
-밴드 〈시〉에서 시를 배우며 시 창작 활동을 하고 있다.

그리움과 봄과 꽃

그리움은
봄을 타고 오는지라
그리움이 온 산과 들에 퍼지면
봄꽃이 피기 시작한다고 했다
그리움은 목련나무를 스치기도 하고
산수유 개나리 진달래 벚나무를
휘감기도 하였는데, 그럴 때마다
노랗고 붉고 하얀 꽃을 피워 냈다
때로는 그리움이
봄보다 한 발짝 먼저 와서
홍매화 꽃망울을 터트리고
복수꽃 세잎양지꽃 깽깽이풀꽃을
지천으로 피우고 나면
그리움은 꽃향기를 타고
그대 가슴속으로 들어가리니

뽀리뱅이

누가 자네를 알겠는가
추운 겨울을 견디어 내고
봄부터 가을까지
쉬지 않고 꽃을 피운들
그렇게 바닥을 기며 산다면
누가 자네를 기억하겠는가
흔하디흔한 잡풀에 머문다면
누가 자네 이름을 기억하겠는가

제비꽃

그리움에 겨워
잠을 놓치고

마음은 이미
그대에게 달려가는데

동트려면
아직 먼

수수꽃다리

벗꽃 흐드러지게 피고 자목련 백목련 그윽한 향을 뿜을 때
수수꽃다리는 한쪽 구석에서 자주색 꽃을 피웠습니다.

줄기도 가늘고 키도 작아 그곳에 있는지 아는 사람
별로 없었지만 수수꽃다리는 말없이 꽃을 피웠습니다.

그해 4월, 꽃샘추위가 매서운 날, 산간 지방에는 눈이 내려
눈꽃을 피웠다는 이야기를 들었을 때 쯤 수수꽃다리 꽃 같던
그녀는 봄눈처럼 사라졌습니다.

이듬해에도 그 다음해에도 4월은 꽃들과 함께 어김없이 돌아
왔고 수수꽃다리 꽃도 한 해를 거르지 않고 습관처럼 피어 진
한 향기로 나를 자극했지만

나는 더 이상 수수꽃다리 꽃을 보지 못했습니다.

궁금

해 좋은 날
들길을 걷다가
애기똥풀 꽃
따글따글 피어 있는 곳에서
마주친
휘우듬한 괴불주머니

봄비 내리는 날
선잠 들었다 깨어

노란 주머니 꼭 잡고 있을까?
궁금증이 한 자나 자라는
오후

인동덩굴

나 여기 있다 하듯 피어 있는
인동덩굴 꽃을
청명산 등산길에서 만났다

먼저 핀 꽃은 노랗게
그것대로 예쁘고
나중 핀 꽃은 하얗게
향기가 곱다

이것을 위해
인동했을 것인데
가만히 보고 있자니
불현듯
부슬부슬하던 마음에
찰기가 돌기 시작했다

나무수국꽃

그리운 임
쉬이
찾아오라고

흰 등
수북이 걸고

잔망스레
뒤로 숨었네

상사화

그리움에

가슴
훨훨 타는데

뻣뻣이 서서
말도 못하고

그냥
저러고 있는

그리움에, 가슴
훨훨 타는데

억새

산발한 억새가
뼈만 남은 억새가
쓰러지지 않으려고
스윽스윽 몸으로 우는

바람 부는 강가

살다가 외로우면 나도
강가로 가서
억새처럼 몸으로 운다

눈 내리는 날

눈이 펑펑 내리는 날에는
내 몸에서 소년이 튀어 나간다
들판을 뛰어다니고
친구들과 눈싸움을 하고
눈사람을 만들어 마당 한쪽에 세워 놓는다
나무 밑동을 발로 차
눈 세례를 주기도 하고

나잇값 하고 싶지 않은 날이다

이해숙

-1964년 강원도 춘천 출생.
-무조건 책 쓰기를 시작으로 낙서가 글이 되고 글이 삶이 되고
이젠 시를 쓰며 인생의 맛을 알아가고 있다.
-밴드 〈시〉에서 시를 배우며 시 창작 활동을 하고 있다.

거울 앞에서

흰머리 올라오고
뽀얗던 피부엔
드문드문 얼룩 보이고
입가에 주름진다

엄마가 있다
웃는 모습에
표정에
더도 덜도 아닌

엄마가 있다

가지도 못하고 놓지도 못하고

열여덟 스물에 만나
65년 동안 변하지 않는 사랑을 하다가
잘 있어 잘 가 인사도 없이
덩그러니 혼자 남았다

머리 희어지고
보드란 살갗 거칠어지고
검버섯은 분칠 속에서도 선명한데
혼자가 아니라서 다행이었다

둘이 겨우 누웠던 작은방이
운동장만큼 커졌는데
버리고 지워도 그리움은
눈물 되어 멈추지 않고
못한 것만 생각나서
안타깝기만 하다

마지막까지 한 사람만 사랑하다
떠난 자는 안녕을 고하지 못해 못 가고
남은 자는 인사를 못 받아서 못 놓고

세월 가면 무뎌지려나

세월 가면 희미해지려나

세월 가면 그곳에 함께 있으려나

춘천의 아침

마주 보이는 대룡산에
해가 뜨면
낭만 도시 춘천은
기지개를 켠다

강도 산도
눈 비비고 하품할 때
까치도
반쯤 뜬 눈을 열고
몸을 비틀어 잠에서 깬다

집집마다 부활하듯
아침을 맞는다

삐그덕 에구에구

누웠다 일어나려면
삐그덕 삐그덕
에구에구

앉았다 일어서려면
삐그덕 삐그덕
에구에구

무심히 걷다가도
아이구 다리야
아이구 팔이야

세월은 저 혼자 바삐 가는데
뒤따르는 내 몸뚱이는
이 소리 저 소리
화음도 안 되는 비명을 지르네

삐그덕 삐그덕
에구에구

할머니에게서 엄마에게서 듣던 소리
이젠 익숙한 내 소리

삐그덕 삐그덕

에구 에구

빗소리

오랫동안 비가 오지 않아
땅이 갈라지고
저수지는 마르고
풀들이 말라 죽어갈 때
단비가 내린다

처마에서 떨어지는 빗소리
가만히 들어보니
또르르르
노래하며 춤춘다

저들도 반가운 모양이다

일중독

출근하자마자일거리를주워담는다
커피를마시면서밥을먹으면서도
온전히즐기지못하고일을찾는다
일을하면서도다음일을고민한다
야근하고돌아오는버스안에서도
눈감고내일할일을생각한다
잠자리에누어서도오늘하루
실수는없는지놓친건없는지
꿈속에서도일을만나고열중한다
길게늘어선유명맛집문앞처럼줄서있는일들에게번호표를나
눠준다

인생은 고스톱

짝짝 쪽쪽
내 손을 떠나 짝을 만나니
내 앞은 기분 좋은 풍년

비가 있고
국화도 있고
달님도 있다
기후도 바람도 적당해서
행복한 노래가 나온다
고~~~
투고~~~
눈앞에 쓰리고가 보인다
새로운 짝을 만났는데 양다리를 걸쳤네
어머나 삼각관계가 되어 버렸다
고스톱의 절대 원칙
낙장불입落張不入
고스톱 꽃은 뒷장에 있다는 것이 진리
몽땅 내 품에서 남의 품으로 빈손이 되었다.

한 사람은 손끝 하나에
인생역전
나는 독박

한 치 앞을 모르는 우리네 인생
고스톱 판과 뭐가 다를까?
술술 잘 풀리는가 싶다가 한순간
나락으로 떨어져 버리고
한끝 차이로 삶의 방향이 달라지니
인생살이 모든 것이 내 맘대로 될 것 같으나
화투장 뒷장도 몰라서
독박 쓰는 고스톱 판처럼
예측할 수 없는 인생살이

그것은 아마도
신의 계획을 읽지 못하는 무지함 아닐까?

주인 잃은 한계령

오가는 차 드물어도
변함없이 기다리고 또 기다렸나 봐

오래전 태풍으로
계곡은 무너진 돌무덤
커다란 바위들이 계곡 주인되었네

오색약수터 주변은
문 닫은 호텔이 울고 있는 듯하다
누군가에게 삶의 터전이었을 그곳

계절마다 색깔을 달리했던 추억이 쌓여
굽이굽이 골을 만들었다

거대한 바위산 기슭에 하얀 눈 속
수줍게 얼굴 내민
햇살 받은 진달래

찾는 이 드물어도
계절마다 다른 모습으로 단장하고
기다리고 기다렸나 보다
어쩌다 잠시 들를지 모를 누군가를

오늘처럼

시詩

세상 모든 것들과 절친 되고
밤 새워 연애편지 하듯 쓰고 지우고

비가 오면 오는 대로
눈 내리면 내리는 대로
머리로 눈으로 가슴으로 그리는
화가가 된다

그 안에
꿈틀거리는 인생이 있다

행복과 만나는 방법

덜 채워진 항아리를 안고 살며
길어야 할 물 아직 남았다고
채우려면 멀었다고 불평했는데
주먹 쥔 손을 펴고 욕심을 내려놓으니
어느새 그 틈 비집고 들어온

행
복

조정심

-1965년생 강원도 삼척 출생.
-시 쓰기를 누구보다 사랑하고 즐긴다.
-밴드 〈시〉에서 시를 배우며 시 창작 활동을 하고 있다.

그대

나에게도 왔다
그대라는 선물이

내게 온 이 선물
좋기만을 바랐는데

때론 뜨겁고
때론 달콤하고
때론 버리고도 싶었는데

긴긴 날을 함께해 온 지금
그대에게서 내가 보인다

그대가 나고
내가 그대다.

불통

언제부턴가
듣고 싶은 말만 듣는다

이렇게 한 말을 저렇게
저렇게 한 말을 이렇게

커지는 서운함

그대 지금 아픈가?

그대 지금 아픈가?
점점 나빠져만 가는데

둘러보아도
보아 주는 이 없고

그대 지금 우는가?
소리 내어 울 수도 없는데

어떤 것도
위로가 될 수 없어

그저 멍하니
먼 산을 바라다본다

그것밖에 할 수가 없다.

휴가

하는 일이 많다 보면
습관처럼 일을 한다.
휴가에도

한 해 끝자락
11월도
여기저기 각종 행사
두고 먹을 김장까지 마치면

이제 나만을 위한 시간!

아직 낙엽 밟는 길은 예쁘고
하늘은 붉은데
오늘 나 뭐하지?

바람

그때엔
왜 그렇게 바라는 게 많았나

이른 귀가를 바라고
함께하는 육아를 바라고

세월이 가니
사람도 변하는지
참 많이 자상해졌는데

이제 나는
바라는 게 없어졌다

세월 가니
기다림도 없어지고
애틋함도 없어졌다

마음도 편해졌다

강물

산으로 둘러싸여
멈춘듯
흐르는 강물

파란 하늘도
은빛 햇살도
물결 위에서 찰랑이고

산 사이를 지날 땐
산그림자를 담고
나무도 담았다가

바위를 만나면
여기저기 들이받고

저기 저
들판 갈대 사랑스러워도
멈추지 못하는데

여기 이 산
너는 좋겠네
뒤따라오는 강물로

또 채워질 테니..

내가 나에게

내가 나에게
선물을 주자

시간이란 선물
여유라는 선물.

기쁨도 주자
행복도 주자

내가 나에게
선물을 주자

아낌없이 주자
많이많이 주자

그때 그 해변

강물 흐르는 끝자락에
홀로 앉은 해망산
그 옆에서 빛나던
그때 그 해변을
너는 알지?

파도는 차르르 모래를 넘나들고
보석같이 빛나던 자갈은 맨발을 간지럽히던
놀고 또 놀아도
아쉽던 그 해변

반짝이던 모래 위로 공장이 들어서너니
새로 생겨나는 건물들로 낯설고
지금은 차마 가볼 수 없는 그 해변

그리울 때
하나씩 꺼내어 보려고
지금은 마음속에 남겨 둔
그때 그 해변

겨울나기

예쁜 가을 미처 보내기도 전에
춥고 스산한 겨울이 왔다

뼈대만 남은 나무 사이로
차가운 바람은 휘적이며 헤맨다

봄이 아직 멀리 있는데
가만히 가져보는 희망

마음만은 그저 따뜻했으면
내 옆에 모두 따뜻했으면

정하윤

-1966년 전라북도 고창 출생.
-EDS 인재교육원 원장이며 GPS 감정 코치로 활동한다.
-시를 쓰며 나의 미세한 소리를 표현하게 되었다.
-밴드 〈시〉에서 시를 배우며 시 창작 활동을 하고 있다.

사랑 나무

겨우내 땅을 뚫고 다가온 너
너의 이름은 사랑 나무
이미 내 안에 들어와 버린 너
내 안의 선물이어라

계획된 우연이 인연이 되어
필연의 향기로 전율을 타고
이미 내 안에 들어와 버린 너
내 안의 샘물이어라

세상의 시간은 나무에 새기지만
사람의 시간은 마음에 새긴다
사랑은 가슴 속에 강물이 흘러
가슴에 무늬를 만드는 것이다

사랑이란 그 무늬에 단청을 입혀
아름답게 영글어 가는
사랑 나무를 발견하는
삶이다.

봄 마중

아랫동네에서 들려오는 꽃 소식에
내 마음도 덩달아 봄 마중 나간다

봄은 어쩌면 새악시 볼에 입맞춤하며
우리의 마음속에 먼저 봄 마중 나간다

꽃신 신고 바구니 옆에 끼고
나물 캐러 가는 수줍은 소녀도
봄바람에 살랑살랑 봄 마중 나간다

우리의 마음에도 연둣빛 새 희망과
봄 향기 가득한 설렘을 안고
봄 마중 나간다

사랑의 씨앗을 뿌리려
봄 마중 나간다.

가을이 오는 발자국 소리

귀뚜라미 울음소리
치르 치르 치르르르
처마 밑에 옹기종기
모여 앉아 뚜르르

어디서 날아온 전령사인가
살며시 들려오는 발자국 소리
임이 오시려나

하루가 천 년 같은
긴 밤을 지새우고
달빛마저 치마 끝에 내려앉아

가을이 오는 발자국 소리에
빗장을 열어 놓고
문틈 사이로 들어오는
숨어 우는 바람소리

가을이 오는 발자국 소리
임이 오시려나
설렘에 콩닥콩닥
임이 오시는 발자국 소리.

비 오는 날의 애상

창문을 멍하니 바라보다
문득 당신을 그려 봅니다

창문에 떨어지는 빗방울 수만큼
그리움이 더해 갑니다

당신의 달콤한 입맞춤
당신의 은은한 커피 향입니다

당신의 애끓는 사랑
당신의 뜨거운 열정입니다.

사랑 한 스푼에 행복 꽃피다

사랑하는 그대여!
사랑 한 스푼, 행복 두 스푼
행복 찻잔에 넣어 주리라

커피 향 담긴 커피 잔에
설탕과 프림 대신
기쁨 세 스푼 감동 네 스푼 넣어 주리라

사랑하는 그대여!
무조건 주기보다는
그대 허물까지 안아 주리라

사랑하는 그대여!
서로 닮아가기보다는
다름을 인정하리라

사랑하는 그대여!
서로의 가슴에 꽃길을 만들어
사랑 한 스푼, 행복 두 스푼 넣어
영원한 행복 꽃피우리라.

소중한 너

함박웃음으로
청아한 목소리로
날갯짓하는 몸짓으로
함께해 주는 소중한 너

언제나 곁에서
최고라 지지해 주고
맞장구 쳐주며 미세한 감정까지도
함께해 주는 소중한 너

나의 작은 신음에도
응답해 주고
세상을 이길 힘이 되는
내게 너무 소중한 너

들꽃

한 송이 꽃으로 피어난
이름 모를 들꽃
이 험한 세상
마음대로 피어나

비바람에 흔들리며
모진 고통에도 뿌리내려
흔들림 없이 꽃을 피웠구나

비바람 온갖 시련 잊고
아무도 알아주는 이 없어도
우아한 자태를 뽐내며
꽃을 피웠구나

수줍게 피어난 들꽃
세상의 모진 고통
아픔을 견디며 하늘만 쳐다보며
웃음꽃을 피웠구나

와인

와인을 마시며
음악에 취한다
외로움이
그리움으로 다가온다

외롭지 않기 위해
전화를 한다
웃고 떠들다
전화기를 내려놓으면
외로움이 파도를 타고
생채기를 한다

와인 한 잔에
외로움과 동거를 하며
또 다른 나를 위로하며
못내 울다 잠이 든다

그리움

베갯머리에 코 박고 향기를 음미한다
말하지 않아도 느낄 수 있는 온기가
고개를 내민다

눈빛과 근육질 매력이
칡넝쿨처럼 타고 올라와
그리움을 끌어당긴다

얼마나 더 가슴앓이를 해야 할까
사랑의 덫에 걸려
그리움이 용트림을 한다

한 사람

나를 믿어주는 한 사람이 있다
모자란 나를 아름다운 눈으로 바라보는
한 사람이 있다

오랜 인생 여행길에 지쳐
잠든 모습에 마주하고 싶은
한 사람이 있다

많은 인연의 운명 속에
아름다운 사랑을 알게 한
한 사람이 있다

영혼마저도 먼지로 사라질 때까지
사랑하고픈
나를 믿어주는 한 사람이 있다

허연희

-1965년 경남 산청 출생.
-인천강사교육원 대표.
-밴드 〈시〉에서 시를 배우며 시 창작 활동을 하고 있다.

다짐
-2018년 무지 더운 봄날에-

봄을,

누군가 시샘하나 보다

나는 그러지 말아야지…

부모 맘

어버이날 그냥 젖힌 둘째 놈
바빠서 그랬다는 핑계에
괜찮다 괜찮다 했지만

며칠이 지나도록
불쑥불쑥 튀어나오던 서운함이
근무 중 다쳤다는 소식에
걱정으로 바뀌고

비 오는 날
물리치료 받으러 갈 때
난 어느새 대리운전

좋은 만남

이런 거구나
얼굴을 마주하며
한 곳을 바라보는 거

아, 이런 거였구나
함께한다는 거

그래, 이런 거야
돌아서니 기분 좋아지는 거

갱년기

곁에서 누군가
갱년기로 힘들다 얘기할 때
나에게는 오지 않을 줄 알았지

곁에서 누군가
갱년기로 힘들다 얘기할 때
난 그냥 쉽게 보낼 줄 알았지

내가 겪은 갱년기 경험 삼아
예방 비법 그들에게 전해준들

그때 나마냥
다들 '설마?' 하는 눈치
당해야만 알 수 있는 갱년기의 존재감
너란 놈의 시작은 어디던가

오늘도
훅 찾아오는 갱년기의 방문
'너 뭐니?' 하며 넘겨주는 나에게
토닥토닥

단풍

그냥 예쁘기만 했는데
나무들이 몸살 하는 거란다

그랬구나
너 그랬구나

다시 보니 묵묵한 희생 같아
더 예쁜 단풍들

오늘 비로
그 아픔 마구마구 씻어내럼

시점

몸도 맘도 아픈데
애써 괜찮은 척 꾹꾹 눌러 놓는다

삶의 질 떨어지는 듯하여
좋게 생각하려는데
회복이 쉽지 않다

남 배려하느라
내가 병 들어감을 확인하는 순간,

화난다

내 말 좀 들어볼래?

김포공항에서 약속이 있어 나가는 길에 날씨가 추워 폼 잡고 택시를 탔랬더니 한참을 기다려도 오지 않는 거야 혹시나 해서 전화를 하려는데 전화가 오더라고 글쎄 도로를 잘못타서 엉뚱한 데로 간다지 뭐야 어떡해요? 늦었는데 했더니 15분은 족히 걸린다고 호출 취소를 하고 다시 호출을 하라는 거야 시키는 대로 호출 취소를 눌렀더니 세상에 10분 내에는 호출이 안 되는 거 있지 그래서 난 버스를 탔어 약속시간은 간당간당한데 그래도 버스가 바로 와서 탄 게 어디야 그치? 살다보면 나쁜 일만 있는 건 아냐

인생무상

길가 널브러진
곳곳의 낙엽무덤

내 발길 멈추게 하네

어제 내린 첫 눈이
너를 밀어냈구나!

더운 가을

꾸역꾸역
억지로 온 듯한 가을

밤이 되니 시원하네
미안함을 대신하나 보다

열어 놓은 창으로 들려오는
풀벌레들의 합창

덤인가 보다

확신

아들 교통사고 전엔
코골아 잠 못 잔다며
툭하면 구박했는데

텅 빈 아들 방
들리지 않는 그 소리에
어젯밤 더 잠 못 이루었네

그 소리가 그리운 건
엄마 맘 탓이겠지

허영숙

-1956년 서울 적선동 출생.
-사부작사부작 늘 뭔가 하면서 가만히 있기를 기대한다.
-사단법인 허브엔에서 모두가 주인공으로 살아가기를 기대한다.
-시는 잘 모르지만 시에서 생각을 다듬고자 한다.
-밴드 〈시〉에서 시를 배우고자 눈팅 활동을 하고 있다.

63.1살

63.2살

63.3살

63.4살

63.5살

63.6살

63.7살

63.8살

63.9살

64살

63.1살

나이는 공으로 먹는 게 아니어
스스로 알아서 자라
살금살금
나이가 자라는 모양을 본다.

무섭다는 중2는 선행학습에
대낮에는 중2, 야밤에는 중3으로 자라고
백발 느는 할미는 젊은 척 하느라
대낮에는 머리 염색, 야밤에는 스킨 케어.

예순 세 살이나 되어야
나이내로 사는 한 해가 소중하고
예순 세 살 또한
차근차근 배우며 자란다.

63.2살

전쟁을 모르고 큰 건
63살 남정네나
23살 남정네나
매한가지

취업이 안 되는 건
63살 남정네나
33살 남정네나
매한가지

철없기론
63살 남정네나
43살 남정네나
매한가지

돈 없기론
63살 남정네나
53살 남정네나
매한가지.

63.3살

품 안에 있어도
동동동
품 밖에 나가도
동동동

까짓
지 잘난 척 시작할 때
모른 척 내보낼 걸
보여 동동 안보여 동동

누우면 등 따시고
잎드려 배 따시고
전기장판 하나가 훨씬
나은데

오늘도 다 큰 아이
어찌 생각에
그저 망연한 마음,
동동동

63.4살

구태의연한 파랑에
마인드 업로딩.

제대로 살지 못한 삶에서 느끼는
혼란 하나 담아

예상치 못한 기쁨이 있을까 기대하며
마음 연결.

줄줄이 엮어 놓으면
그 속에 정의되는 삶을 볼 수 있다.

시를 쓴다.

63.5살

슬픔은
살아 있다는 경험을
담는 플랫폼

기억은
보상받기 힘든
나만의 투자금

행복은
평범하고 간단한
에너지 샘물

예순셋 나이는
아무도 가져갈 수 없는
내 몫의 자산.

63.6살

연금가방 앞세워
인디안 보호구역으로 가는 길
사막은 날로 황폐해지고
길은 점차 바람에 사라진다.
예순 셋의 나이도
그렇게 사라진다.

63.7살

사람이 몰라서 해결 못하는 일을
컴퓨터가 알아서 해결한다지.
그 내일에는.

인공지능이 결정하고
사람은 그 결정에 순응한다지.
다가올 내일에는.

예순 셋은 데이터를 내주지 못하고
빅데이터가 모르는 예순 셋은
조용히 제외되곤 한다지.

우리는
긴 삶의 삼분지 일을
그런 4차 산업혁명에 맡기고 지낸다지.

63.8살

인디안은 마리화나를 움켜쥐고
텅 빈 거리를 떠돌았다.
그 거리에
먼지가 날린다.
연금가방 움켜쥐고 인디안을 바라보는
예순 셋의 삶에
먼지는 호시탐탐
앉을 자리를 노렸다.
인디안처럼 삼십년.

63.9살

예순 세 해 전 그 날, 세상에 내려 보내면서
잘 살아라, 한 마디.
배시시 웃는다.
통곡하는 하늘을 보면
단순하게
비가 와.
꼬이는 일상을 보면
침착하게 한마디,
지나갈 거야.

쓸쓸함은 눈과 귀로 들어와
손끝에서 허공을 맴돌고
맺히지도 못하고 밖으로도
얹힐 곳 하나 없는
그 마음
오늘은 나무를 만나 단풍이 되고
그여 무거워
낙엽이 진다.
예순 세 해.

64살

따뜻한 맨발 아래
여린 살얼음
따뜻함에 푹 녹아질 줄 알지만
선뜻 내딛기 어려운
칼칼한 뾰족 얼음 여리게 벼른
딱 그 나이

받아도 별 거 없는
삼백 예순 날
별 수 없을 줄 알지만
선뜻 고맙기 어려워
흐물쩍 설큰 들어와 뭉개는
딱 그 나이

허정미

-1967년 경남 산청 출생.
-한국교육컨설팅개발원 대표.
-저서로 〈당당한 프로가 아름답다〉가 있다.
-밴드 〈시〉에서 시를 배우며 시 창작 활동을 하고 있다.

엄마가 그랬던 것처럼
그냥 하면 안 되나?
그대 그리고 나
옆에 있으니
찜질방에서
그리움
엄마가 필요해
엄마 딸 맞네!
나도 그런데
강의는 연애다

엄마가 그랬던 것처럼

엄마는 일감이 많은 날에는 밤이 새도록 재봉틀을 돌렸습니다. 잠이 부족해 깜빡깜빡 조는 엄마 옆에서 박카스를 따주며 지켜보는 나도 하얗게 밤을 새웠습니다. 엄마는 치마저고리를 완성하면 곱게 접어 보자기에 쌌습니다. 장날 약속한 날짜에 신랑신부가 입어야 한다며 어린 나에게 심부름을 시키고는 미안해하셨습니다. 그럴 때마다 그러지 않아도 되는데 엄마는 내 손에 동전 몇 개를 쥐어주었습니다. 돈이 마음까지 따뜻하게 한다는 것을 그때 처음 알게 되었는데 나는 지금까지 그렇게 따뜻한 돈을 쥐어본 적이 없습니다. 그때 우리 엄마가 그랬던 것처럼 이젠 엄마를 따뜻하게 지켜드리고 싶습니다.

그냥 하면 안 되나?

아무 말 말고 해주면
어디가 덧나나?

잔소리를 퍼부으니
해주고도 좋은 소리 못 듣지

조용히 해주면
더 맛난 반찬 만들려고
애쓸 텐데……

그대 그리고 나

하늘에서 천사가 내려온 줄 알았단다
하늘나라에 계신 어머니가
꿈속에서 환한 미소와 함께 주신
선물 같은 거라고 생각했단다.
살다보면 악마가 되었다가
원수가 되었다가
남의 편이 되기도 한 적 많은데
세월만큼 정도 두터워져
넘어져 멍든 다리 보며
걱정스러움에
자는 모습 애처로워
이불만 만지작만지자

눈길

밤새 쌓인 눈길을
마음 통하는 사람과 걷고 싶다

과거는 돌이킬 수 없는 것
우리 앞엔 미래가 있으니
그 길을 이제
마음 통하는 사람과 걷고 싶다

깨끗한 눈길을
마음 통하는 사람과 걷고 싶다

찜질방에서

일주일 피로했던 발을
족욕으로 풀어주고
핀란드 방으로 이동한다

땀방울 톡톡 떨어지기에
밖으로 나가 비취벤치에 누워
땀을 식히고,
또다시 수소방 문을 열고
모래시계 30분

세 자매 도란도란
이야기꽃 피우고
에너지 쑥쑥쑥쑥

그리움

어린 시절
낚시하는 아버지 옆에
쪼그리고 앉아
라면땅 과자 먹던
어린 꼬마

먼 산 바라보면
그려지는 얼굴
아버지, 그리운 아버지

어디선가 코끝 찡하게
스며드는 향기

엄마가 필요해

2년 만에 안양역에서
딸과 약속을 했는데
저 아가씬 아니겠지?
알아보지 못하고
그냥 지나치는데
엄마 부르는 소리에
화들짝 놀라 돌아보니
아까 지나친 77 사이즈
그 아가씨!
몇 개월 하루도 빠짐없이
운동하고
독하게 음식 조절하더니
55 사이즈가 되어 웃는다
역시, 엄마가 필요해

엄마 딸 맞네!

다이어트 성공한 딸 모습이 아주 예뻐 이것도 입혀 보고 저것
도 입혀 보며 캬! 이야! 우와! 를 연발하며 싱글벙글하는데 기
뻐하는 엄마 모습 귀찮은 내색 않고 끝까지 따라 주며 얼짱 각
도 모델 포즈로 웃음 주는 너는 참말로 엄마 딸 맞네

나도 그런데

나도 너와 다를 게 없는데
너는 나를 다르게만 본다.

나도 너처럼 힘든데
너는 나를 평안하다고만 본다.

나도 밤 지새며 깨달음 얻는데
너는 내가 그저 쉽게 얻는다고 한다.

나도 너처럼 그런데…

강의는 연애다

내 애인들은 누구일까?
어떤 모습으로 나를 기다리고 있을까?
새로운 애인을 만나는 설렘에
먼 길도 마다않고 달린다.

기다리는 애인들을 생각하면
입 꼬리 어느새 귀에 걸리고
늘어진 어깨 어느새 춤을 춘다.

강의는 연애다